D1267180

DRILO

La nueva amiga de Papá

Marichel Roca

Ilustraciones:
Adriana Carrera

URANITO EDITORES
ARGENTINA - CHILE - COLOMBIA - ESPAÑA
ESTADOS UNIDOS - MÉXICO - PERÚ -URUGUAY - VENEZUELA

Drilo La nueva amiga de Papá

ISBN: 978-607-7480-96-9
1ª edición: agosto de 2017

Ediciones Urano México, S.A. de C.V.
Av. Insurgentes Sur 1722, piso 3, Col. Florida,
Ciudad de México, 01030. México.
www.uranitolibros.com
uranitomexico@edicionesurano.com

Edición: Valeria Le Duc
Diseño Gráfico: Joel Dehesa
Ilustración de portada: ©Adriana Carrera

Impreso en China – *Printed in China*

Para Eduardo y Nacho,
por estar ahí siempre y por ayudarnos
a completar este sueño.

A Elisa, María C, María R, Mafer, Lor, Renata y Santi,
por seguir siendo nuestra inspiración.

Agradecemos una vez más a Luisa Coronel
por sus consejos profesionales.

Los papás de **Drilo** viven separados.
Drilo es feliz
porque ellos son felices así
y se llevan muy bien.

Drilo a veces vive
con **mamá** y a veces con
papá. Le encanta pasar
tiempo con cada uno
y tener dos hogares.

Hoy, **papá** le dice que le quiere presentar a alguien. Quiere que conozca a una amiga muy especial.

Drilo está preocupado porque cree que todo va a cambiar otra vez. No sabe cómo será ella y no quiere que nadie ocupe el lugar de su **mamá**.

¡Nunca
nadie
va a ser
tan linda
como ella!

Seguramente **la nueva amiga de papá** es como una bruja, o un monstruo, o una marciana.

O peor aun, ha de ser como
un monstruo con
cara de bruja
y cuerpo de
marciana.

No quiere conocerla, tiene miedo de que le robe el cariño de su **papá**. Además, está seguro de que su papá no se ha dado cuenta de que corre un grave peligro junto a ella porque ya no es el mismo.

Seguro lo tiene
bajo un extraño
y poderoso
hechizo.

Pero **Drilo** tiene un plan.

Ya sabe lo que va a hacer cuando la conozca. Va a llenar su mochila de objetos con los que podrá defenderse de los poderes mágicos de **la nueva amiga de papá**.

Se va a llevar un cepillo. Él detesta que lo cepillen porque le duele y odia que le jalen las escamas, y está seguro de que ella no es tan valiente como él.

¡No lo soportará!

¡Muchas verduras! Brócoli, zanahoria, betabel, cebolla, berenjena, calabaza. ¡Aggggg, espinacas! Como él, ella también saldrá corriendo al verlas…

El suetercito tejido que siempre le pone **mamá** al salir... él siempre se muere de calor y le pica... ¡ella tampoco lo va a aguantar! No hay pierde...

¡Ahhh!, y por último… el jarabe ese que sabe a pescado podrido… ¡buaaaajjjjj!… con una sola cucharada, seguro se espanta o por lo menos se le sale el chamuco.

Papá y **Drilo** llegan al parque. **Papá** le dice que lo espere en lo que va por su amiga. **Drilo** aprovecha que **papá** se aleja un poco y empieza a sacar todas sus cosas.

De pronto llega una linda lagarta que se sienta junto a él.

—Hola, ¿qué haces? —le pregunta a **Drilo**.

—Estoy a punto de armar una gran fortaleza... —contesta.

—¿Y para qué? —pregunta la lagarta.

—Para defenderme de **la amiga de mi papá** que seguramente va a querer hechizarme como a él —dice **Drilo** con tono molesto.

—Ayyyy, ¿en serio? ¿Tan mala es? —le pregunta.

—Sí —contesta **Drilo**—, es terrible, **papá** ya no es el mismo. Habla solo, se le olvidan las cosas y hasta se ríe por los rincones. Además, se la pasa suspirando, algo le debe doler.

Ella sonríe y se sonroja un poco.

—No pues sí ha de estar muy mal tu papá. Si quieres te ayudo —le propone ella.

—Bueno —contesta **Drilo**, y juntos empiezan a construir una enorme fortaleza de ramas, hojas, arena y lo que se encuentran.

—¡Listo! —dice **Drilo**, lo logramos. Gracias por ayudarme.

—De nada, fue un gusto —contesta ella.

A **Drilo** le cae muy bien su nueva amiga, es muy linda. Sin ella, no hubiera podido tener lista la fortaleza a tiempo, porque ahí viene ya **papá**.

—Pero, ¿por qué vendrá solo? —se pregunta **Drilo**.
—Aquí estás, te estaba buscando —saluda su papá a la lagarta.

—**Drilo**, hijo, quiero que conozcas a Marta, ella es **mi nueva amiga**.

Drilo se sonroja…
se da cuenta de que
la amiga de papá
no es ningún monstruo,
ni ninguna bruja…
¡es su amiga!

—Ya nos conocimos. Estábamos construyendo una fortaleza para un monstruo muy malo —dice Marta guiñándole un ojo a **Drilo**.

—Sí, pero ya no apareció —contesta **Drilo**.

—Qué bueno —dice papá—. Oigan, ¿y si vamos por un helado?

—Sí, ¡vamos! —dicen al mismo tiempo **Drilo** y Marta.

Y así fue como **Drilo** conoció a
la nueva amiga de papá... que nunca será como mamá...
pero es una nueva amiga que hace feliz a papá
y por tanto, puede llegar a ser
una amiga muy especial.

Tips para presentar a la nueva pareja con los hijos

Lo que para ti es el principio de una nueva vida, para ellos es el fin.

Para los hijos, la nueva pareja es la confirmación definitiva de que sus padres no van a volver a estar juntos. Aquí unos consejos para que este proceso sea más fácil para todos.

Paciencia, paciencia y más paciencia. No hay que relacionarlos inmediatamente. Cuando la relación sea más formal, entonces ya se puede pensar en presentaciones. Es probable que en una segunda relación las cosas no vayan bien y si fracasan en poco tiempo, los hijos vuelvan a vivir una ruptura cuando todavía se están adaptando a su nueva situación. Esto puede provocar aun más sufrimiento, inseguridad, y miedo a involucrarse. Así que todo a su debido tiempo, no hay prisa.

Si ya estás seguro y quieres tomar el paso de acercar a tus hijos a tu nueva pareja, es importante que sea un proceso y que se respeten los tiempos de ambos, tanto de tu pareja como de tus hijos.

Si tus hijos hacen preguntas sobre tu nueva pareja, lo mejor es ser claros y dar respuestas reales. Hay que dejar de creer que los niños, por ser pequeños, no entienden. Tienen una intuición mucho más despierta que la de los adultos. Recuerda que están aprendiendo y observándolo todo en esta etapa.

Tips

Para los niños no es fácil establecer un vínculo con alguien, por lo que es indispensable dejar que ellos interactúen con tu nueva pareja a su manera.

Los niños pequeños entienden que si una persona te agrada es porque es buena, por lo que es posible que también se lleven bien con ella y hasta lleguen a ser amigos, aunque tiene que ver la relación que tengas con ellos y, obviamente, también la personalidad de cada niño.

El formato de presentación de la nueva pareja puede ser al principio **"amigo de mamá o de papá"** de ahí el título de este libro, y ya luego,

Tips

poco a poco, se les puede ir explicando que son novios. Aunque toma en cuenta que ellos saben que tu nueva pareja no es solo una amiga o un amigo, saben que hay algo especial.

Intenta no convertir a tu nueva pareja en un héroe o una heroína y, sobre todo, no hables por horas de la otra persona, los niños se cansan pronto y dejan de prestan atención, además de que se pueden sentir incómodos o sentir que la otra persona es más importante para ti que ellos.

Lo difícil es elegir el momento, lo sabemos, pero tú conoces a tus hijos mejor que nadie, así es que busca uno en el que sepas que van a estar de buen humor. Es importarte organizarlo bien para conseguir buenos resultados. Quizá puedas planear algo que a ellos les guste hacer contigo y aprovechar ese momento que estén solos. Para presentarla, organiza un encuentro corto. Una buena idea puede ser invitarla a cenar a casa. De ese modo, tus hijos se sentirán más seguros porque están en su territorio y se pueden ir si se sienten incómodos.

Tips

Hay que dejarles claro que esa persona es importante, pero asegúrate siempre de que sepan que ellos son fundamentales en tu vida, que se sientan seguros del amor que sientes por ellos y que sepan que los quieres, tengas o no pareja. También explícales que tu pareja te hace feliz, y que el hecho de que tú seas más feliz va a hacer mejor su vida.

Tus hijos siempre van a necesitar tenerte a solas, así que procura darles tiempo especial a ellos sin tu pareja, así se habituarán antes a su nueva situación y sentirán que las cosas no han cambiado tanto.

Cuando logres que se lleven bien con la nueva pareja, es probable que tus hijos se sientan culpables, como si estuvieran traicionando al otro padre o madre. Para esta situación es necesario hablar y explicarles que tu nueva pareja no los va a sustituir. Si mantienes una buena relación con tu ex, puedes pedirle ayuda porque si él o ella se muestran contentos con tu nueva relación también ayudará a que tus hijos se adapten mejor y no se sientan culpables.

Para tu pareja tampoco será fácil, ayúdala

Se puede sentir desplazada o rechazada. Ella debe de comprender que antes de su llegada ya existía un fuerte vínculo con tus hijos y que ustedes ya tenían un modo de convivencia establecido. Tu nueva pareja debe de aceptarlo. No cambiar sus rutinas es básico para poder entablar una buena relación. Tendrá que ganarse la simpatía de tus hijos a base de tiempo y respeto. A medida que la relación entre ellos se fortalezca, podrá ir participando más activamente y hasta participar en su educación, pero mostrando siempre respeto y dándole su lugar a tu ex.

Háblale a tu pareja antes de los gustos y aficiones de tus hijos y asegúrate de que tenga suficiente información como para que pueda mantener una conversación entretenida con ellos y no "meta la pata" con temas que detesten.

La nueva pareja debe tener claro que no va a ser padre o madre de tus hijos, ni aunque ellos hayan fallecido. Su relación será siempre como la de un familiar o persona muy cercana.

Tu pareja y tus hijos necesitan espacio también en el que tú no intervengas, más que como testigo. Trata de ser un punto de equilibrio hasta que ellos se sientan a gusto solos. Confía en tu criterio.

Dile a tu pareja que no intente ser algo que no es, no debe de tratar de ser el más simpático(a) y el más divertido(a), todo el tiempo, lo mejor es ser natural.

No dejes que tu pareja critique a tu ex frente a tus hijos, esto haría que lo vieran como un enemigo aunque estén de acuerdo con la crítica. Su padre o madre siempre serán eso.

A veces la nueva pareja trae cambio de casa o hasta de colegio o, peor aún, de país. Y otras veces trae nuevos hermanos...

Pero esto lleva más tiempo de adaptación...
y es tema para el próximo libro de Drilo...